권영우
시집

만약 그때 알았더라면

권영우
시집

도서
출판 북인

2024

지금쯤은 지나온 궤적을 돌아보며 정리하는 시간을 가져봄직한 때가 되었기에…

틈틈이 생각의 파편들을 모아 시詩라는 이름으로 갈무리해온 것들을 긴 망설임 끝에 묶어서 감히 내어놓음을 강제한다.

한없이 부끄럽고 낯 뜨겁지만, 또한 따가운 시선이 따를지라도 너끈히 감내할 각오로 던짐은 나를 정리하기 위함이다.

하루하루 견디어낸 세월이 어찌 가볍기만 하랴만, 활자 하나마다 내 뜨거이 끓어오른 피를 수혈해가며 무수히 지새운 밤이 흔들리는 영혼들에 작은 울림으로 다가갔으면, 그리고 재생再生!

많이 힘들었지만,
다가가고자 한다
젖어들고자 한다

활자로,
경전의 시간을 새길 때까지

　나에게 치열한 감성의 불씨를 지펴준 모든 사람들과
사물들에 고마움을 놓아둔다.

2024년 시월
冠山 권영우

차례

1부

가시

장미꽃 한아름 건넨다
함박웃음 짓던 아내가 현금이 더 좋은데,
다음부터는 이런 거 사오지 마라고 말한다

꽃병을 찾아 부산을 떨더니
꽃꽂이한단다
줄기를 어섯 자르고 이파리도 몇 장 떼어내고
한 송이씩 꽃병에 꽂는다

가위질로 뒷받침하다가
가시에 찔려버렸다

아내가 한마디 거든다
장미에 가시가 없다면 이리 붉게 피지는 않았겠지

갈바람

바람이 가을을 몰고간다
둔덕 위 억새
가을 길 따라 눕고

이름 따라 산 날들이어도
허공을 떠도는 날 것들마다
부지런히
사라져가는 시간을 기록한다

바람이 가을을 몰고 넘어간
저 둔덕에
한여름날 여툰 햇빛이
아직도 그렁하다

동거

거미가 무허가 집을 지었다
나도 모르게 슬쩍 잠입했나보다

눈길 머물지 않는 곳에
손길 닿지 않는 한 귀퉁이에
제 고독한 집을 지었다
세간도 없이 딱 고만큼만 차지했다

임대료는
시도 때도 없이 적막을 깨뜨리는
벌레들을 없애주는
수고를 아끼지 않음으로
너끈하고도 남음이라

모서리 한 뼘 남짓을 내어주고
거미가 먹이를 낚아채는 순간을 기다리는
거룩한 임대인이 되어본다

계선주

울릉도 도동항 부두
바람과 파도를 막아선 콘크리트 바닥 깊숙이 쇳덩이
가 박혀 있다
시커먼 바다에서 살아남은 배들이 쉼의 밧줄을 꽁꽁
묶어놓는 계선주

바람길도 막아놓은 모래 거푸집 속
세상을 녹이며 뜨거워진 쇳물
서서히 식어가며 품었던 바람을 내뿜고서
해풍의 시간에 단련되어 쓰러지지 않을 것처럼 단단
해 보인다

홋줄을 매어두는 주강 덩어리
세월의 더께가 내려앉아 녹으로 떨어지고 있다

바람을 안고 내려앉은
새의 잿빛 배설물을 뒤집어쓰고서
배처럼 출렁이는 사내의 의자가 되었다가 한숨 소리
에 옴팍 찔려
나지막이 무너져가며 바닥을 벌겋게 물들이고 있는

쇳덩이

녹슨 계선주가 토해낸 방언들
지워지지도 않는 자국 딛고서
멀리 수평선을 삼켜본다

고백

행려처럼 떠돌며
갈구했던 나의 사랑도
이제 예서 깃들리니

문득,
스며든 그대여

내 사랑 가득 내려놓을
마음자리 내어주소서

고택 마루에서

반들반들해진
대청마루에 앉는다
야드르르하게
손끝에 감기는 고즈넉함이다

너나없이 드나들었을 바람이
멈춘 듯 흐르는 듯
잠시 결을 휘감는다

소소히 스쳐갔을 계절을 품고
묵묵히 버텨온 기둥
감싸안고
귀 기울이면
흐릿하지만 들려오는
아버지 기침 소리

고향 아침

아침을 깨워봅니다
곤줄박이 지저귀는 새소리에
귀를 모아보기도 하고
알싸한 공기를 흠뻑 들이키며
첫 소풍 나온 아이처럼
고향 땅의 아침을 맞이합니다

먼 하늘을 쳐다봅니다
구름마다 부대꼈던 핏줄들의 당김에
한 알 한 알 뿌렸던 씨앗의 웃자람을 가늠해봅니다
처음 맡아보았던
순이의 비누 향기에 마음 빼앗겼던
그날도 새롭습니다
아직도 그때가 올망졸망
저만치에 모여 있습니다

내 유년의 우주였던
고향에서의 아침은
추억의 타래를
거미줄처럼 엮어놓습니다

꽃잎으로 흩뿌려져 간다

바람 타고 꽃잎이
무수한 낱말로 내려앉아
소통되지 못한 문장으로
거리를 떠돈다

날카로운 바람에
꽃잎이 해체되어 흩뿌려진
저문 날

발걸음마다
메마른 행간에서 울리는
귀뚜라미 소리
조급해지는 마음이 무겁다

나는 임신을 하고 싶다

나는 임신을 하고 싶다
고귀한 씨앗 받아
수백 날을 보듬고
새날에 내어놓는 일
그 일을 고스란히 하고 싶다

내 안에 또 하나의
펄떡이는 뜨거운 심장으로 키우고
고이고이 안아서
이 세상에서 가장 큰 힘으로 내어놓고 싶다

내가 먹는
내가 숨쉬는
생각하고 그리워하는
모든 것들과 함께
늘 맑은 체온으로 열어두고 싶다

내 안에 또 다른 우주를 만들고
당당히 '나는 아빠다'라고 외칠 수 있게
온전한 부모이고 싶다

압화壓花

내 마지막 남은 일은
침묵이 압화처럼 내려앉은
고독사를 물색하는 것

은밀하게
아무한테도 들키지 않고
이승의 목숨줄 깡그리 태우고 싶어

살아 있는 모두에게
내 슬어가는 모습
남기지 않으리니
그 누구도,
나의 삶을 엿보려 하지 마라

꽃과 나비

은밀히 손짓했지
살짝 꽃잎 열고

봄날 같은
속삭임으로

살짝 탐하였지
그 열락悅樂을

억새 핀 언덕에서

억새가 무겁게 얹히는 바람에도
잠시 누워 버티는 것처럼
날마다 부드러워지는 연습을 해야겠다

달빛에 흐르는 은빛 물결처럼
저 산등성이 따라 더께로 쌓아둔 날들의 기억을
흘려보내는 연습을 해야겠다

살랑거리는 손짓으로
아주 가볍게 바람을 가르는 억새처럼
얽힌 인연을 떠나보내는 연습을 해야겠다

녹슨 못

이사 들어간 집
벽 한 가운데
쓸모없는 못이 박혀 있습니다

이리저리 조금씩 때려봐도
빙빙 돌기만 할 뿐,
녹슨 못은 꿈적않습니다

지나간 사람의 무엇이 걸렸기에
도무지 빠지지가 않습니다

차라리 쑥 들어가게 박아버리려 해도
이미 구부러진 못은 바로 펴지지도 않아
망치질에 손가락 피가
못을 적셨습니다

소나무 관솔옹이처럼
자꾸만 찐득한 피가 묻어납니다

누마루에 누워

솔향 그윽한 마루에 누워
산들바람도 안아보고

책 얹힌 시렁 사이
거미줄 따라 옛 생각 촘촘해지면

봉당 위 늘어져 있는
하얀 고무신 옆으로
입 다문 편지 하나

번잡스럽던 중천의 해도
숨 멎은 듯,
벌러덩 누워버린 모래시계

봄 꼴림

그대도 꽃물 들었나요
꽃잎 잔뜩 벙근 봄날인데
산 것들 흐드러진 봄날에
불붙이고 꼴 일으켜야지요

지금 따사로운 갈피로 엮어내야
새록새록 곱씹어도 될 날들로 남겨질 건데
꼴림으로 흠뻑 스며들어야
그렁그렁 남은 날들을 버텨내지요

여태껏 꽃물에 배어들지 않았나요
꼴림의 계절이 이만치 와 있는데
갈무리해야 할 꽃춘기가 내일인데
그대 어서 봄 꼴림 일으켜 보세요

찔레꽃머리

느슨함이 울 안 가득 퍼지면
생경生硬한 신화神話가
하얀 떨림으로 다가온다

몽글몽글 피어나는 그대
내 외로움은 빠르게 기화氣化되고
저녁 노을이 그대를 감싸면
온통 나의 우주宇宙가 된다

우주 가득 생경한 신화의 떨림으로
붉게 물들이는 찔레꽃 속에서
너풀너풀 나비로 다가가
그대 가슴에 깃들어 가는
나의 봄날이다

2부

등가법칙

나는 아무것도
요구하지 않았건만
그대는 미안하게도
모든 것을 양보했다

잔소리만 빼고…

빛바랜 기억

그대 사진 한 장
지갑 속에 넣고 다녔는데
빛이 바래버렸다

문득, 무료해지거나
가슴이 쓰라릴 때
그대 사진 위 쏟아낸 독백이 한 세월인데,

날렵했던 선은 무디어지고
선명했던 빛깔은 흐릿해져
사무친 그리움만큼이나
누렇게 익어버렸다

기억도
시간도
그만 익어버렸다

대장간에 들다

오랫동안 너무 익어버린
이빨 빠지고 무뎌진 무쇠 낫을
희끗한 머리칼 대장장이에게 맡긴다

수십 년을 베고 또 베었던
무뎌진 날을 무심히
이글대는 불 속에 던지고
힘껏 해대는 풀무질에
대장장이 팔뚝이 꿈틀댄다

어머니 자궁 속 새로이 수태된 것처럼
벌겋게 달아오르는 쇠
수천의 메질과 담금질로
무뎌진 날을 벼려
섬뜩하게도 시퍼렇게 날을 세우고
나를 벨 듯 낫을 내민다

희끗한 머리칼 대장장이
길 아래 돌부처 같은 미소 짓지만
나는 베어내야 할 날들을 세느라
아득하게도 아찔해져만 간다

아련한 약속

더듬이 세운 신촌 뒷골목
소주에 쩐 발자국을 찍었다

대낮부터 홀짝이던 다섯번 째 집에서
그녀가 고개를 숙이며 자궁을 열었다

내가 죽으면
철마다 장미 한 송이
무덤 앞에 놓아줬으면 좋겠다

나는 그녀 입술에서
파르르 떨리던 솜털을 바라보기만 했었다

봄볕 따스한 날 그녀는 주검이 되었고
나는 마당에 장미를 심었다

돌덩이 같은 책

서재 바닥에 누웠다가
천정까지 쌓아올려진 책더미에서
오래 전 막걸리 한 잔 값을 치르고
산 시집을 발견했다

한여름 햇볕을 고스란히 받아
바래고 해진 서점 주인 할아버지 주름처럼 너덜너덜했다

그날의 생각을 키우다가
채석강처럼 차곡차곡 쌓인
책더미 밑에서
해진 시집을 빼내려 해도
힘에 부치기만 하다

해진 표지 속
시들이 무슨 비밀을 부둥켜안고 있는지
가늠되지 않는 무게에 단단히 눌려서

한 권 한 권 내려놓는
책의 무게가 돌덩이보다 무겁기만 하다

마곡나루역에서

바람 부는 날
마곡나루역을 서성이며 그녀를 기다립니다
사람들은 각각 흩어져 가기도 하고
떼를 지어 가기도 합니다

짧은 웨이브 머리에 스웨터가 따뜻해 보이는 그녀가
살랑살랑 뛰어옵니다

허기를 달래고 난 후
따뜻한 커피 한 잔을 들고서
비 내리는 공원으로 들어갑니다
받쳐 든 우산 위로 빗물이 퍼져가고
날벌레는 자꾸만 우산 속으로 날아듭니다

그녀가 팔짱을 낍니다
가라앉아 있던 심장이 느닷없이 나댑니다
아, 주책없는 이 설렘을 어찌하라고
문득
새콤한 사과를 삼키고 싶어집니다

만약 그때 알았더라면

찬란한 일출도 하루살이처럼
쇠잔한 해넘이로 진다는 것을
파릇파릇한 새싹도
무성했던 나뭇가지도
한 해를 넘지 못하고
앙상한 가지로 남는다는 것을
그때 알았더라면

살아내는 일이
신산辛酸하리란 걸 그때 알았더라면,
내가 훗날 아버지가 되리란 걸
미리 알았더라면
꿈꾸었던 모든 것들이
거품처럼 휘발된다는 것을 그때 알았더라면
그때, 그때 알았더라면

만약, 그때 알았더라면
이토록 비칠거려야 했던 내 삶의 한 자락을
살아낼 수 있었을까

매화

너는

꽃망울이 터지는

순간

몸살처럼

잠입했다

매화를 앓다

눈 내리는 겨울날
매화는
망울을 부풀렸습니다

헐벗은 가지마다 알알이
뜨겁게 맺혔습니다

아득해진 나는
아무 말도 할 수 없습니다

허투루 가늠할 수 없어
나도 커가는 계절을 앓습니다

멸치 예찬론자

그녀는 하루에 한 끼를 먹는다
3년째 다이어트를 하면서도
틈틈이 멸치 한 움큼 먹는 걸 잊지 않는다

뱃살이 빠지고 젖무덤도 말라붙어
비쩍 마른 멸치 같은 몸매에도
돼지고기 100근을 웃돌아 뒤뚱거리는
그의 지팡이가 되어준다

바닷바람에 조금씩 살집을 덜어내고
햇빛에 단단하게 뭉쳐가는 살과 뼈로
자신을 지키는 것이
발에 널어놓은 멸치이듯
그녀의 끼니에도 음식을 덜어낸 접시 위로 햇빛이 가
득 담긴다

말라비틀어져 생선도 아닌 것이 되어버린 멸치이지만,
맹물 속에서 비린내를 털어낼 때
비로소 바다를 기억하는 한 마리가 되어가는 것처럼,

뱃속 똥을 발라낼까 그냥 통째 먹을까 망설이는 사이에
　　버릴 것 하나 없다는 멸치 예찬론자인 그녀는
　　단단해져야 한다며 얼른 한 움큼의 멸치를 입속에 털
어넣고
　　푸르른 바다를 펼쳐놓는다

짧은 가을

깜빡 졸았는데
낯선 바람에 깎여나간 가을날

미처 여미지도 못한
수북한 몫 남긴 채
저만치 밀려나고
낯선 날들이 길게 들어앉을 폼새다

속절없이 어설프게 갈무리되겠지만
설익은 대추알 손에 쥐고
좋은 볕 내려앉을 때 짱짱히 말릴
가을을 손꼽아본다

바람이 불면

바람이 분다
초록 나뭇잎이
살랑살랑 흔들린다
나도 흔들린다

바람이 분다
초록 잎새들이
파르르 떤다
내 마음도 떤다

바람이 분다
초록 풀잎들이
살짝 눕는다
나도 그리움을 안고 눕는다

밤의 편력

명령은 어디선가
나를 기다리고 있다
죽음은 어디선가
나를 유혹하고 있다

그렇다
램프의 등피燈皮가 저렇게 떨고
밤이 붕괴하는
네 울음의 층계 위에서 밤은 우리를 오히려 멀리한다
전쟁과
한 마리의 나비와 애인의 회화會話를 실은 꽃잎들이
떨어져가듯
이 분 전
영시零時의 거리에는 비가
싸늘한 가슴들을 적시며 흘러내리는데
정감의 따뜻한 손을 흔들며
네가 기다리는 그 눈부신
대낮의 풍경마저 허물어지고
지금은 다른 아무것도 생각할 수가 없다
이 흔들리는 부교浮橋 위에서

램프의 등피가 저렇게 떨고
그림 속에 말없이 잠들어 있는
사신의 얼굴들이여
아무리 의식의 눈을 새롭게 떠도

그렇다
명령은 어디선가
나를 기다리면서 있다
죽음은 어디선가
나를 유혹하고 있다

버림받은 사람들

　기린 모가지처럼 높아진 월세에 도망치듯 중고 재봉틀 몇 대 짊어진 사람들이 모여들었습니다 사장들이라고 했습니다 그 틈으로 도시에서 쫓기듯 밀려난 사람들이 드문드문 자리를 잡았습니다 손톱 밑에 낀 기름때가 그믐달처럼 웃어줬습니다

　듬성듬성 옥수숫대 몇 대 남은 산비알에 천막이 쳐지고 망치질 소리와 날카로운 바늘이 가죽조각을 뚫는 시간 밤새 불빛이 새어나왔습니다 하청일은 아주 많은 침묵이 필요했습니다 인간답게 살 권리와 행복추구권은 다음생에 저당잡힌 듯 모두 묵묵히 한 땀 한 땀 깁기만 했습니다

　검은 옷을 입은 건장한 사내들이 골목을 휩쓸고 다닐 때부터 떨림의 징후는 짙어져 갔습니다 외지에 나가 살던 자식들이 뻔질나게 드나들고 골목은 외제차들이 차지했습니다

　밤마다 곳곳에 시뻘건 불이 났습니다
　불이 난 공장들은 며칠 뒤 보따리를 쌌습니다

어떤 사람들은 소리 없이 몸만 빠져나가기도 했습니다
사람들은 소문에 민감해졌습니다
피돌기는 서서히 멈추었습니다

땅 주인은 세입자만 남겨놓은 채 문득 이사를 가버렸
습니다 휑하니 인사조차 없이

남겨진 사람들은 이사 비용도 받지 못하고 버림을 받
았습니다

하루도 틀린 날 없이 직접 현금으로만 월세 받으러 다
니던 땅 주인은 그 후, 전립선암으로 죽었다고 들었습
니다
세입자들은 그만,
감당하지 못할 조의금을 징수당하고 말았습니다.

호루라기

말라붙은 똥파리 같은
코르크 알갱이
탈출을 꿈꾸듯 제 몸을 헤집으며
숨넘어가는 소리를 질러댄다

세상사 돌아가듯
날숨 들숨을 기다리며
굴러갈 순간이 오기만을 꿈는다

영어圄圉의 수인囚人인 줄도 모르고
쳇바퀴 돌릴 자세로 웅크리고 있다

회룡리 가는 버스

아침저녁 하루에 두 번
회룡리 가는 버스
굽이굽이 산모롱이 넘어간다

민들레 계절 따라 피고 지는데
버스 안에는 기사와 노인 한 명뿐
털, 털, 털,
하얀 연기만이 콜록거린다

저 골짝 사람들은
언제쯤
버스 안에 가득 피어나려나

3부

봄마중

어머니
날 밝으면
꽃구경 가요
연분홍 치마 입고
봄마중 가요
꽃 따서 머리에 꽂아드리고
한아름 가슴에도 안겨드릴게요

볕 맑게 좋은 날은
목피木皮 벗겨진 하얀 송곳대같이
내어놓고 베어내어
한없이 가늘어져도
늘 꽃으로 피어난 여든의 어머니 업고
봄마중 가렵니다
꽃향 물씬한 어머니 가슴에 업고
저 동산으로
봄마중 가렵니다

봄날 꿈속에서

꽃잎 흐드러진 봄날
나는 감각의 끝을
모두 닫고 꿈속으로 들어간다

침잠하듯 늪으로 빠져들면서도
탈출하려 몸부림치는
꼼짝없는 몸뚱이
내가 나를 본다
흐르는 의식이
살아 있음을 증명하는데
꿈틀대는 몸뚱이가 없다
촉수처럼 곤두섰던
몸뚱이 껍질의 무수한 구멍들
그 구멍들로 밀려드는
어둠만이 가득하다
꿈속에 가라앉아
어떤 신호도 전달되지 않는
감각의 끝을
모두 닫은 나는, 나인가
내가 아닌가

달빛 인 꽃잎
별처럼 반짝이는 밤이다

잃어버린 봄날

봄볕 가득한 툇마루
여자는 잔 숨 몰아쉬며
다섯 살 아이 머리칼을
한 줌 한 줌 꼬아
하늘에 닿을 사다리를 땋고 있었다

하얀 나비야
눈에 띄지 마라
울 엄마 죽는다

두 갈래로 머리 땋은 아이는
노래의 꼬리를 남기고
노랑나비 따라 폴짝폴짝
봄날을 뛰어갔다

하얀 찔레꽃 따서
꽃목걸이 만들어 온 해거름
여자는, 아이의 봄날을 가져갔지만

다섯 살 아이는 아직도

그 봄 언저리 툇마루에 오도카니 앉아
삭아 부스러진 사다리를
다시 땋고 있다

봄이 핀다

이별이 아니다
기억이 남아 있다면
이별이 아니다

고드름비 장막 틈 비집고
제비가 날아든다

그때 그 자리로
이별이 아니기에
돌아올 자리로 돌아와
싹이 움튼다

돌고 도는 궤적 따라
봄은 그렇게
항상 핀다

비탈밭을 갈다

비탈진 밭을 갈며
돌을 골라낸다
박토薄土일지라도
출렁이는 이랑마다
고추도 심고
배추도 심어야겠다

골라낸 돌 모아
비탈진 둔덕에
하나씩 돌탑을 쌓는다
덩두렷이 솟아오른 달 지고
닭이 홰를 치면
성큼 좌불상坐佛像이 자리한다

사랑이란 게

끌어당기면
발 시리고

내리덮으면
어깨 시린

짧은 담요
한 장 같은 것

플러팅

봄꽃이 피었다
개나리 진달래 벚꽃 산수유 목련들이
제 세상을 만들고 있다
사방이 꽃천지다

나를 위해 고운 자태로 피어난
나를 위해 벙긋 웃는 당신이
내게는 꽃이다

무덤덤한 시선 너머
당신만을 위해 피었다며 보내오는 암시暗示
꽃이 자리할 시공간을 가늠해보는 날이
소록소록 자라난다

아내

어머니도 아니고 누이도 아닌
처음엔 어여쁜 꽃이었다가
어느새 앙칼진 가시만 남아
내 편인 듯 아닌 듯
종잡을 수 없지만
가슴을 파고드는 여자

새로운 연애는 꿈도 못 꾸지만
더러 길가 피어난 꽃들에게 눈길만 줘도
닦달하는 무서운 여자

부스스하게 깨어나는 모습에 고개 돌리게 해도
다시 생각해보면 나를 가장 아껴주고,
잠든 모습 가만히 보면 애틋해 보여
괜스레 눈물짓게 하는 여자

긴 시간을 함께하며
수많은 날을 기꺼이 잇게 해준 여자에게
슬그머니 팔베개를 내민다

그러고 보니 나에게 거짓말과 침묵을
가장 많이 가르쳐준 여자

생일

오늘이 생일이랍니다
죽음과의
또는, 회귀回歸와의
간극이 점점 좁혀집니다

아버지

아버지를 본다
초라한 모습으로 벽에 기대어
멀뚱멀뚱 눈을 껌뻑이며
티브이를 보던 모습을
내게서 본다

밥상머리에 앉아
찬물에 밥 말아
몇 술 뜨고는 돌아앉아
담배 한 대 피워 무는 아버지가
오늘도 옆에 있다

이부자리도 퍼지 않은 방바닥에
목침 베고 모로 누워
이내 코를 고는 아버지가
오늘도 옆에 있다

아버지는, 아버지라는 이름으로
내가 기대어보는 기둥으로
늘 내 가슴에 있다

세월을 삼켜버린 세월

어깨 넓은 아버지가 웁니다
헤울음을 토해냅니다
하늘도 웁니다
하늘도 마냥 웁니다

향내 나는 청춘이 아름답기에
못다 핀 젊음이 안타까워
애달프게 애달프게도
아버지가 꺼이꺼이 웁니다

아버지의 궤적을 따라올
아이의 눈망울을 더 이상
볼 수 없기에
아버지는 가이없는 눈물을 흘립니다

아이들아! 아이들아!
제발 살아만 있어다오
아버지가 눈물을 삼키며
먹먹한 가슴으로
무릎 꿇고 기도합니다

지게

흙벽에 기대어 서 있는 지게 하나
세월의 틈만큼 비틀어져
가만히 햇볕을 쬐고

어깨 가득 짐에 눌려
휘청였던 다리건만
걷는 만큼 길이 되었고
달빛 이고 청춘 지고
저 아득한 길을 걸으며
꽃이 피고 지며
갈무리한 세월은
비틀어져가는 지게만큼이나
아버지 가슴도 비틀어지고

비틀어진 지게에
파란 새싹 돋고
그래도
한때는 청춘이었을
아버지의 어깨에
꿈이 피어나기를

아직 말하지 않은 감정

수줍게 졸고 있는
미술관의 봄날
팽팽히 시위 당긴 촉 끝에
긴장이 웅크려 있다
아늑히 내가 있어야 할 자리
가늠하다 시위를 놓는다
움터에 박힌 촉에서
돋아나는 신아新芽
아늑한 봄날이다

안단테

천천히 다가오세요
바람처럼 훅 들이치지 마세요
꽃과 나무가 다치지 않게 들어오세요

나무가 푸른 잎 창창하게 커가는 속도만큼
햇빛에 사과가 붉게 물들어가는 시간만큼
그렇게 오세요

굽이굽이 돌아 흘러야 넓어지는 강처럼
내 마음 다 들여다보다가
활짝 열리는 그때 들어오세요

단풍 물들어가듯 익어갈 수 있게요

바다가 쏟아졌다

사람은 가고
잉여의 날들을 지탱해주던
경고음 꺼진 기계만이 남았다

어지러이 연결된 호스를 빼고
하얀 시트 위에 얹혔던 못다한 날들의 수습
울컥,
먹먹함이 바닥으로 떨어진다

푸른 바다가 쏟아지고
병실도 거리도 잠겨버렸다
물이 깊이를 더해 시커메져가는 바다 위로
베어문 이빨 자국 선연히 남은 사과만이 둥둥 떠다닌다
잘리어져 나간 만큼의 여지를 남긴 채

창문을 깨트리고 내미는 촉수
깨진 창문 틈새로 빠져나가는 바닷물에 휩쓸려 나선 거리
발걸음마다 저벅저벅 소리가 난다

걸음마다 물기를 털어내고

이내,
컴컴해진 인파에 묻힌다

봄비 오는 날은

보슬보슬 봄비 오는 날
물씬 올라오는 흙내음

성기게 내려온 단비
흙 속으로 스며들면
기나긴 어두운 밤을 넘어
살아 펄떡이는 흙비늘

숨죽여 엎드렸던 온 천지 뚫고
진군 울리는 북소리 맞춰
촉들이 이만치 나아갈 제
후다닥 저만치 달아나는 어둠들

촉을 품고 내처 달리는
수만의 파발마擺撥馬

봄비를 심고
이랑을 북돋우는 날이다

4부

앙상한 계절

버릴 것 버리고
비울 것 비우고 나면
담담하고
홀가분하다

한 철 무성하게 피우고
불태워
씨앗으로 남았다

해를 삼킨 산등성이
칼바람 이는 능선 따라
날카로운 창 굳건히 세우고
숙고熟考의 시간을 재운다

어머니

제겐 구순을 바라보시는 어머님이
장승처럼 고향 땅을 지키고 계십니다
관절이 닳고 구부러져도
허리 곧추세울 힘조차 없는
오랜 질고疾苦에도
지금까지 호미 잡고
텃밭도 자식처럼 일구며 사시는
머리에 하얀 눈꽃을 쓰고
어머님이 자식을 지키고 계십니다

세월의 무게에 짓눌려 등 굽어도
신새벽마다 정화수 길어 자식 위해
기도하는 어머님이 계십니다

아직까지 곧이곧대로 장 담그는
수채구멍으로 빠져나가는 쌀 한 톨도 허수로이 버리
지 않으면서도
배고픈 이웃에게 기꺼이 당신 밥그릇 내어주는
남에게 더 좋은 것을 듬뿍 퍼주는 게 더 마음 편하시
다는,

애끓는 그리움으로 삼키다가 자식 곁에 오셨어도
자식들 힘들다고 잠깐 눈 붙이고 훌쩍 떠나시는 어머님

죄 쏟아낸 자식 먼저 보내놓고
모진 세월 사는 게
욕이라시는 어머님
이승의 자식도 저승의 자식도 다 그리워하는
육신의 고통에 보태 말라비틀어진 심장의 고통이 힘
겨워
이제는 스르르 눈을 감고 싶다는,
차마 살아 있는 자식 두고는 몹쓸 짓을 못하고
살아도 스산한 삶을 살아내는 어머님이 계십니다

한뉘 오롯이 자식 위해 살아낸 어머님이 계십니다
고향 땅에!

이발소 상념

1

삼색 회전등이 뫼비우스 띠처럼 돌고 있는 현대이발소
덜컹거리는 문을 열고 들어선다
이발소마다 어김없이 걸려 있는
그림 밑에는 삐걱거리는 낯선 의자가 있다
어정뜬 걸음으로 그 낯선 의자에 앉아
포플린 하얀 가운이 수의처럼 감겨지면
장대 끝에 달린 목 잘린 얼굴처럼 눈이 감긴다
거침없이 잘라대는 가위 머리 밑둥 치고 올라
귀마저 잘릴까봐 어섯 만듦새 찌그러지게
앵도라진 눈이 모인다

2

통가죽 허리띠 길게 뉘어 세운 면도날
휘어질 듯 아득한 예리함에
몸은 활처럼 뉘어진다
몇 장의 지폐로 그 켠의 믿음을 살 수밖에 없는
아뜩아뜩한 순간들이여
사각사각 쥐 이빨에 긁혀 울음도 그친 목젖이
면도사의 콧김에 흔들린다
날 끝 하나에 온전히 내어맡긴 그날 목숨이 몇이던가

3
역류의 피 모음
샴푸 몰이에 터럭들은 이방인 마냥
속절없이 개체로서 흩어져간다

4
전신은 레일처럼 뉘어지고
배회의 체적體績이 나락의 동굴에서 일어나
새롭게 배열되는 질서여
침잠沈潛되는 영신靈神의 고독이다

5
뜨거운 바람이 머리칼을 휘젓고
화공약품 방울들이 허공에 퍼지면
따끔하게 찔러대는 살갗에 눈물이 설워라
정언定言
영원한 잉태다

앵도櫻桃

야트막한 담벼락 아래
햇살 품은 앵두알
오롯이 성큼 익어
건드리면 터질 듯
발그레진
옆집 누이 젖꼭지 같은 앵두알

뉘 볼까 부끄러워
얼른 이파리 속으로 얼굴 파묻고
보드레한 한 알 한 알 보듬어
혀로 핥으며
탐닉耽溺 속으로 잠긴다

잃어버리는 것들

아버지는 자꾸만 잃어버린다
머리칼과 틀니가
하수구 구멍으로 쓸려나가고
기억조차 잃어버린다

자고 나면 떠나는 친구들 소식에
사람도 피하고
몇 날을 허우적거리다
작아진 몸으로
화단에 거름을 내곤 한다

우멍우멍한 논판을 고르던
불끈했던 팔뚝도 사라지고
오줌줄기도 가늘어지면서
젊은 날 아버지 왕국도 조금씩 사라져가고 있다

혹, 아버지는
잃어버리는 것이 아니라
버리는 건 아닐까
짐짓,
그래서 편안해 보이는 건 아닐까

잉여의 날들

해 질 무렵 공장을 나와 널브러진 나이테를 추슬러본다 저 길 너머 해는 뉘엿뉘엿 지는데 나는 길 위에서 발을 뗄 수가 없다 이 공단의 늪에서 부서지고 찢겨진 피투성이 살점들이 바람 따라 뒹군다 언제부턴가 나도 모르게 반복되지만 뼈마저 시커먼 주검들을 주워 공장 바닥에 쌓는다

시간의 문을 뒤돌린다 분노 가득한 불량품들이 멈추질 않는다 밤새 기계 붙들고 뱉어낸 밀어에도 붉어진 눈알이 페인트 벗겨진 바닥을 뒹군다

숱한 날 피를 빨아 삼킨 저 쇳덩이, 타인의 목숨을 찍어대고 있는 금형틀 이리저리 옭아매고 있는 엉켜진 전선들 찌들어 쌓인 기름먼지 나는 또 켜켜이 쌓인 기름때를 세고 있다 천정의 거미줄이 머리칼을 잡는다

저 먼 산 꽃불처럼 활활 태우면 꿈쩍않는 시커먼 주검만 남겠지 서늘해지는 간담 그래도 쏟아지는 잠 고백컨대 부끄럽지만 참을 수 없는 허기 이빨로 빵의 봉지를 뜯고 우걱우걱 삼킨다 목마름이 차오른다

홀로의 시간 무엇으로 살아남을 것인가 한 귀퉁이 가림막 쳐진 창고에 처박아둔 기름통 뒹구는 공구들 쥐똥 가득찬 불량품들을 끄집어내어 차가운 햇빛에 말려본다 내게 남은 날들을 얹어

분명 추스르지도 못할 잉여의 날들이 저 거리를 뒹굴며 쪼그라들 것이지만

작은 묘비

낮은 묘역도
바람 재울 울타리로
진달래 꽃잎 피웠나보다

땅속 깊은 사연들
스멀스멀 기어나와
바람 속에 깃들다, 잔잔히 흩어져가면
살아생전 가녀린 목숨이었듯
진달래 꽃잎 얇게 떨린다

지나간 보상을 재촉했던 발걸음
서로 사랑했으리라
기필코 그랬으리라

가녀린 목숨 자국만 남은
작은 묘비에
머무는 볕이 따사롭다

저 강

무얼 그리 빨리 가려는가
남은 잔은 비우고 가세나

저 꽃 지고 나면 토실 열매 맺을 텐데
한 입 베어물고 가세나

이 비 그치면 햇볕 내리쬘 텐데
젖은 옷 보송보송 말리고 가도 늦지 않으리

나뭇잎에 맺힌 이슬 한 방울
강 되어 바다로 흘러들 때
그때,
우리
저 강 건너가세나

적확이라는 굴레

색상표가 어지럽다
명도와 채도 따라 이름마저 생소한
색깔들이 난분분하다

빨강색이든 핑크색이든 따뜻하기만 한데
연두색이든 녹색이든 산뜻하기만 한데
모든 빛을 모으면 하얀 색이고
빛을 받아들이지 않으면 검은 색인데,

무얼 그리 낱낱이 분해했는지
그냥,
심연에 들면 하나인 것을

지음과 득음 사이

방언을 쏟아낸 매일이 소실점이다
폭포를 뚫지 못한 뭉툭한 날을
숫돌에 갈아본다
마찰열을 식힌 잿빛 물이 바닥으로 흩어진다

까치가 깨우는 새벽마다
오체투지 백팔배로 굴신해도
고랑 깊어진 경전 속 지음知音은 머나먼 길
해석하지 못한 파문이 잿빛으로 소용돌이친다

까치는 전깃줄 위에서도 득음得音을 했는데

짝사랑

곱게 우린 차 한 잔을 마시다가
깊게 스며들고 싶은 사람이
당신이란 걸 알았습니다

설레는 심장소리 들킬까봐
차마 다가가지 못하고
먼발치에서 숨죽이고 있습니다

그 속을 아는지
찻잔 속에 핀 매화꽃도
더욱 붉어집니다

칠월의 그늘

어머니 앉아 계신다

황금빛 태양
위로 받쳐 들고
천년 그늘을 키운 느티나무 아래
고요처럼 낮게
어머니 숨을 고르고 계신다

반으로 접힌 허리에 앉은 나비가
날개를 접었다 펴는
칠월의 그늘

가만가만 지나가는 그림자 딛고서
부채질을 해주는 그늘을 품는다

오월이 지나갔네

오월이 지나갔네
뜨거웠던 장미 지고
흔적마다 돋구친 가시
찔러대는 자국 낱낱이 핏빛으로 선연한데
가슴 아린 오월은 지나가버렸네

첫눈에 온몸 흔들어버린
그대와 나, 그리고 하늘
겹겹의 무늬마다
뭉텅이 꽃송이마다
뜨거운 피로 물들였는데

오월이 지나갔네
파르르 떨리던 첫 느낌
사무친 가시로 새삼스러운데
혈관 속 향기는 여태 흘러
섧게 섧게 살아 있어

무자비하게도 오월이 지나갔네
뜨거웠던 장미 지고

버티어내야 하는 가시만 남긴 채
새살 돋지 않는 불도장 찍어놓고서
오월이, 꿈처럼 지나가버렸네

하루만이라도

하루만이라도
저 강물처럼
잔잔하게 흘러가보자

하루만이라도
나무처럼
불어오는 바람 맞이하며
아무 말 없이
고요하게 흔들려보자

오늘 하루만이라도
깊게 숨을 고르고
해 뜨고 지는 노을 속으로
고스란히 들어가보자

다시는 못 올
오늘 하루만이라도

매미는 뜨거울 수밖에 없다

마지막 손아귀에 힘이 들어간다

캄캄한 장도壯途 속에서 기다린 세월

마지막,
마지막 몸짓으로 떠는 부름인데
탈피를 부르짖는 필생畢生의 염원인데
응답해주기를, 그대

세상사 응어리
한살이로 눌러
모두 다 울어줄 테니

날개돋이 할 수 있게
성큼 다가오라

풍경 소리

빈 그릇이었다
잠시 스쳐가는 바람만이
잠겨서 소용돌이칠 뿐
비명을 삼키는 진동이 아니다

모두 단단하다고 내달릴 때
잠을 깨우는 아침 새의 지저귐

온갖 삭힘 가득
수천의 볼메질 차갑게 식은 떨림으로
잠시 휘돌아간 바람을 해독한다

희망과 성찰, 회고回顧의 두 의미

— 권영우 시집, 『만약 그때 알았더라면』에 부쳐

백인덕/ 시인

1

영생永生과 관련한 서구의 신화에는 대략 두 개의 전형 stereo type이 있다. 하나는 지금 이 순간부터 시간을 무한 정 보장하겠다는 '연장'의 개념이고, 다른 하나는 이 순간 까지 생의 양태를 무한 '반복'해주겠다는 것이다. 종교적 의미를 제거하면, 서구 문화에서 영생은 이 '연장'과 '반복' 이라는 저주에 가까운 의미로 솟아난다. 죽지도 못하고 자기의 늙음, 쇠락을 끝없이 지켜보는 것이나, 수많은 착 오와 회한의 순간을 그 어떤 개선도 하지 못하고 무한 반 복하는 것이 즐거울 리 없기에 이 영생은 저주일 것이다.

시 창작의 근본 동기로 자주 인용하는 고대 로마의 '수 정愁情 신화'가 있다. 어느 날 수정Sorge이 강을 건너다가 진흙 덩어리를 발견하고는 그것을 주워서 생각나는 대 로 하나의 형체를 빚었다. 때마침 주피터Jupiter가 지나가 므로 수정은 자기가 만든 형체에다 영혼을 줄 것을 부탁

했다. 주피터가 영혼을 불어넣자 하나의 생물이 탄생했다. 수정이 거기다가 자기의 이름을 갖다붙이려고 하는데 주피터는 자기가 영혼을 주었으므로 당연히 자기의 이름을 따라야 한다고 주장했다. 이름 때문에 다투고 있는 와중에 지신地神, Tellus이 나타나서 그 창조물은 자기 신체의 일부분으로 만들었기 때문에 마땅히 자신의 이름을 붙여야 한다고 주장했다.

셋은 옥신각신 다투다 공정한 판결을 얻기 위해 시간의 신Saturnus에게 달려갔다. 그는 셋의 의견을 들은 후 판결했다. 주피터는 창조물에 영혼을 주었으므로 그가 죽은 다음에 다시 영혼을 가져갈 것을, 지신은 자기 몸의 일부를 주었으므로 창조물이 죽은 후에 그 몸을 다시 가져갈 것을, 끝으로 그 창조물은 수정이 만든 것이므로 살아 있는 동안은 수정의 차지가 될 것을 명했다.

그 창조물의 이름은 진흙에서 나왔으므로 '인간 Houmou→ Homo'이라 부르기로 했다. 이 신화에서 시작詩作은 인간 존재의 근원에 내재한 불안 심리에서 출발한다는 것을 알 수 있다. 수정은 근심과 걱정이다. 근본적으로 인간은 자기 육체와 영혼이 분리되는 것을 걱정한다.

권영우 시인의 첫 시집, 『만약 그때 알았더라면』에서 '만약'은 가정법subjunctive이라는 문학 수사법을 거뜬히 뛰어넘는다. '만약~'을 과거를 향한 제한적 수사에 묶어 둔다면, 그 이후에 수행하는 모든 회고적 행위는 자아 성찰reflection이라는 의미를 함축하지 못하고, 막연한 후회

regret의 상태에 머무르고 말 것이다. 이 상태에서는 시상이 형상화하지 못하므로 시적 가치는 거의 없다고 해도 될 것이다.

찬란한 일출도 하루살이처럼
쇠잔한 해넘이로 진다는 것을,
파릇파릇한 새싹도,
무성했던 나뭇가지도
한 해를 넘지 못하고
앙상한 가지로 남는다는 것을
그때 알았더라면,

살아내는 일이
신산辛酸하리란 걸 그때 알았더라면,
내가 훗날 아버지가 되리란 걸
미리 알았더라면,
꿈꾸었던 모든 것들이
거품처럼 휘발된다는 것을 그때 알았더라면,
그때, 그때 알았더라면

만약, 그때 알았더라면
이토록 비칠거려야 했던 내 삶의 한 자락을
살아낼 수 있었을까?

　　　　　　　　　　　　　—「만약 그때 알았더라면」 전문

이 시에서 형상화한 질문의 보편성은 두 개의 방향성을 가지고 있다. 하나는 '신산辛酸'이라는 시어가 함축한 삶의 농도, 살아냈으되 단지 살아낸 것이 아니라 치열하게 살아냈다는 자긍심이 한 방향이고, 다른 하나는 그 삶이 단지 생활이라는 의미에 갇히는 것이 아니라 늘 초월적 지평 저 너머의 무엇인가를 지향하는 순간이었음을 유추하는 방향이다.

시인은 "천년 그늘을 키운 느티나무 아래"(「칠월의 그늘」)에서 자랐다고 믿지만, "파릇파릇한 새싹도,/ 무성했던 나뭇가지도/ 한 해를 넘지 못하고/ 앙상한 가지로 남는다는 것을" 알게 되었다. 시인은 "만약, 그때 알았더라면"하고 가정한다. 따라서 독자도 가정한다. '신아新芽'(「아직 말하지 않은 감정」)를 자주 떠올리는 시인에게 '만약'이라 가정한다는 것은 무슨 의미일까 하고 말이다.

흙벽에 기대어 서 있는 지게 하나
세월의 틈만큼 비틀어져
가만히 햇볕을 쬐고

어깨 가득 짐에 눌려
휘청였던 다리건만
걷는 만큼 길이 되었고
달빛 이고 청춘 지고
저 아득한 길을 걸으며
꽃이 피고 지며

갈무리한 세월은
비틀어져가는 지게만큼이나
아버지 가슴도 비틀어지고

비틀어진 지게에
파란 새싹 돋고
그래도
한때는 청춘이었을
아버지의 어깨에
꿈이 피어나기를

—「지게」전문

　권영우 시인이 가정하고자 하는 세대를 이어주는, 즉 시대를 관통하는 의미는 인용 시 「지게」에서 그 절정을 보여준다. 일단 '지게'는 홀로 서지 못한다. 이 시의 경우, "흙벽에 기대어 서 있는 지게 하나"로 그 사실을 알려준다. 그런데 이 '지게'의 과학적 원리가 시적 효과를 만들어내지는 않는다.

　시는 유추하고 상상하는 것으로부터 비롯하는데, 시인은 2연에서 이를 형상화한다. "어깨 가득 짐에 눌려/ 휘청였던 다리건만/ 걷는 만큼 길이 되었고/ 달빛 이고 청춘 지고/ 저 아득한 길을 걸으며"라고 시인은 보고 있지만, 시선이 흩어진다. '지게'라는 대상에 투여한 나의 상상과 실제 기억이 뒤섞이기 때문이다. 사실 이런 뒤섞임이 실제 시를 더 함축적 대상이 되게 한다. 지게는 사

101

물이 아니라 아버지의 생이라는 사유의 비유이기 때문이다.

2

우리는 모두 '기억'의 결과물이다. 실제 체험이 있었다, 없었다, 식의 선택 문제를 말하는 것이 아니다. 단지 인간 존재는 자기가 만들어진 환경에 따라 자기를 재규정할 수 있는 존재라는 것이 중요할 뿐이다. 그 누구도 눈 뜨고 세계를 보지 못한다. 인간은 양육되는 것이고 사회화라는 기제system에 사로잡히기 전까지 자기라는 인식을 키운다. 이때 가장 중요한 역할은 당연히 그의 부모가 맡는다.

아버지를 본다
초라한 모습으로 벽에 기대어
멀뚱멀뚱 눈을 껌뻑이며
티브이를 보던 모습을
내게서 본다

밥상머리에 앉아
찬물에 밥 말아
몇 술 뜨고는 돌아앉아
담배 한 대 피워 무는 아버지가
오늘도 옆에 있다

이부자리도 펴지 않은 방바닥에
목침 베고 모로 누워
이내 코를 고는 아버지가
오늘도 옆에 있다

아버지는, 아버지라는 이름으로
내가 기대어보는 기둥으로
늘 내 가슴에 있다

—「아버지」 전문

　시인은 '아버지'를 보는 것이 아니라 "늘 내 가슴에" 담고 산다. 효 같은 의미가 아니라 아버지와 닮은 인생일 수밖에 없다는 의미이다. 시인은 간혹 아버지에게서 "혹, 아버지는/ 잃어버리는 것이 아니라/ 버리는 건 아닐까/ 모르는 척/ 그래서 편안해 보이는 건 아닐까"(「잃어버리는 것들」)라고 생각한다. 그것은 아버지의 삶 전체를 한눈에 조망할 수 있는 시간이 되었기 때문에 가능한 것일지도 모른다. 시인은 "밥상머리에 앉아/ 찬물에 밥 말아/ 몇 술 뜨고는 돌아앉아/ 담배 한 대 피워 무는 아버지가/ 오늘도 옆에 있다"라고 한다.

　여기서 중요한 시간적 포트는 '오늘도'이다. 이 시적 진술은 사실이기보다 내가 아버지의 그 모습을 빼닮았다는 의미를 함축한다. 시간의 흐름에서 나는 어쩌면 아버지가 되어 있는 것이다. 시인은 작품의 표면에 직접 드러내는 방식으로 「나는 임신을 하고 싶다」라는 작품에서

"내 안에 또 다른 우주를 만들고/ 당당히 '나는 아빠다'라고 외칠 수 있게/ 온전한 부모이고 싶다"라고 희망을 드러낸다. 즉, 시인의 '만약'은 자기 희망을 피력하기 위한 전제였음을 유추할 수 있다. 이 희망은 동시에 어머니에게도 향하는데, 시인은 언제나 "꽃향 물씬한 어머니 가슴에 업고/ 저 동산으로/ 봄마중 가렵니다"(「봄마중」)라고 푸릇한 바람을 펼쳐낸다.

인간 존재의 한계상황, 아니 절대적 조건 중에서 심리적으로 가장 우선하는 것은 '부모'라는 혈연과 언어의 선구先驅다. 누구나 그 아비와 어미의 자식이고, 그 말을 이어 쓰는 존재다. 아니라면, 그는 다른 존재일 뿐이다. 시인은 '아버지'를 대상으로 한 작품만큼 '어머니'를 대상으로 한 작품을 배치한다. 내용이나 수록된 작품의 편 수에서도 비슷한 양을 보인다. 시인이 양친 모두에 깊은 정서적 유대가 있다고 반증하는 것이리라 믿는다. 물론 차이점을 찾아보자면, '아버지'는 자기 투사投射를 통해 오히려 객관적 거리를 확보하는 데 반해, '어머니'는 동화同化되어 새로운 차원으로 전회轉回를 만든다.

권영우 시인에게 어머니는 곧 봄이다. 이때 '봄'은 자연스레 돌아오는 것이기도 하지만, 애써 달려나가 맞이해야 하는 즐거운 대상이기도 하다. 왜냐하면, 봄은 곧바로 어머니와 같은 형질을 가졌기 때문이다. 시인은 봄의 항상성을 믿는다. "이별이 아니기에/ 돌아올 자리로 돌아와/ 싹이 움튼다/ 돌고 도는 궤적 따라"(「봄이 핀다」) 봄은 내가 알아차리지 않아도 와 있을 것이다. 하지만

이런 순환의 봄에서 시인은 한 걸음 더 나아가려 한다.

　　비탈진 밭을 갈며
　　돌을 골라낸다
　　박토薄土일지라도
　　출렁이는 이랑마다
　　고추도 심고
　　배추도 심어야겠다

　　골라낸 돌 모아
　　비탈진 둔덕에
　　하나씩 돌탑을 쌓는다
　　덩두렷이 솟아오른 달 지고
　　닭이 홰를 치면
　　성큼 좌불상坐佛像이 자리한다

　　　　　　　　　　　　　　　—「비탈밭을 갈다」전문

　시인은 어머니가 맞이했던 계절, 더불어 아버지가 그
안에서 움직였던 행위 전체를 껴안으면서 동시에 자신
의 전 존재를 투기投企하는 기획으로서의 부모와 '고향'
을 생각한다. 고향은 그에게 "곤줄박이 지저귀는 새소리
에/ 귀를 모아보기도 하고/ 알싸한 공기를 흠뻑 들이켜
기도 하고/ 첫 소풍 나온 아이처럼"(「고향 아침」)처럼 '유
년'으로 돌아가게 한다. 누구에게나 그렇지만 '유년'은 바
람드는 것처럼 희망에 들뜨고, 가족과 함께 새로운 세계

를 개척할 수 있다는 꿈이 영그는 시기다.

인간 존재는 결코 자기 자신을 돌아보지 못한다. 돌멩이 하나와 전혀 다르다고 생각하지만, 사실은 그와 다를게 없다. 그래서 모든 존재는 자신의 '거울'을 갖는다. 이번 시집이 '만약'이라는 가정법의 첫 조건으로 시작하는 것이 이와 같다. 앞에서 본 것처럼 시인은 "살아내는 일이/ 신산辛酸하리란 걸" 알았다면 어쨌을까 하고 묻는다. 알았다 해도 그냥 시인은 자신의 길을 걸었을 것이다.

독일 철학자 헤겔의 절대정신을 비유하는 이야기로 '씨앗의 의지will of seed'가 있다. 한 나무에서 씨앗이 퍼지면 일단 토양, 기후, 시간을 생각하지만 좋은 토양과 적당한 기후, 필요한 만큼의 시간이 지나도 모든 씨앗이 발아하지는 않는다. 이 기다림을 견디는 힘을 '의지'라 했다. 시인은 '어머니'의 신산을 '좌불상'을 앉히는 자기 방식의 노동으로 이어받았다. 그렇기에 가족에게 더 애절한 것이다. "덩두렷이 솟아오른 달 지고/ 닭이 홰를 치면/ 성큼 좌불상坐佛像이 자리한다"는 현재이지만 과거를 염두에 두는 시간이 아니다. 오롯이 앞으로 살아갈, 즉 시인 자신이 '좌불상'처럼 열려 모든 관계를 포섭하는 시간을 의미한다.

3

권영우 시인은 이번 시집 『만약 그때 알았더라면』에 가능한 한 시인의 인생을 반영하고자 기획한 것처럼 보인다. 아니, 그가 펼쳐내고자 했던 인생은 '만약'이라는

전제 아래 '동화와 투사'라는 감성의 세계화 전략 아래
통합되어 있다.

이사 들어간 집
벽 한 가운데
쓸모없는 못이 박혀 있습니다

이리저리 조금씩 때려봐도
빙빙 돌기만 할 뿐,
녹슨 못은 꿈적않습니다

지나간 사람의 무엇이 걸렸기에
도무지 빠지지가 않습니다

차라리 쑥 들어가게 박아버리려 해도
이미 구부러진 못은 바로 펴지지도 않아
망치질에 손가락 피가
못을 적셨습니다

소나무 관솔옹이처럼
자꾸만 찐득한 피가 묻어납니다

　　　　　　　　　　　　　　　　　　　—「녹슨 못」전문

　만약에 강의 흐름을 오래 지켜본다면 그것이 하나의
이름으로 불리지만 결코 한순간의 몸체가 아님을 알게

된다. 물은 흘러가고, "무얼 그리 빨리 가려는가/ 남은 잔은 비우고 가세나"(「저 강」) 권유하지만 시인의 타박은 들은 체도 않고 흘러간다. 그러나 세상, 혹은 타자는 영영 남인 것 같아도 함께 세상을 구성하고, 영향을 주고받는다는 점에 있어서 시적 자아의 필수 요소가 된다.

시인은 사태를 진술하는 서술로 "이사 들어간 집/ 벽 한가운데/ 쓸모없는 못이 박혀 있습니다"라는 첫 번째 곤란, 혹은 난감함을 토로한다. 이건 어쩌면 '적확이라는 굴레', 즉 "명도와 채도 따라 이름마저 생소한/ 색깔들이 난분분"한 세상에 살면서 내 것과 남의 것을 '적확'하게 구분하려는 욕망에서 비롯한다. 하지만 시인은 결국, "지나간 사람의 무엇이 걸렸기에/ 도무지 빠지지" 않나 하는 단계를 지나 '손가락 피'를 못에 먹인 후에 "소나무 관솔옹이처럼" 그것은 원래 자기 성장의 표시로 거기 있었던 것이라고 인정하는 경지에 이르고 만다.

시인은 "발걸음마다 메마른 행간에서 울리는/ 귀뚜라미 소리"(「꽃잎으로 흩뿌려져 간다」)를 들었던 자신을 떠올린다. 회고는 지난 날을 그리워한다는 의미가 아니다. 처음 의미는 언제나 반성한다는 데 있다, 가령, 「가시」라는 작품에서 형상화되었듯 삶은 예상 밖의 '가시'를 숨겨 두고 있다. 하지만 존재는 뜻밖의 만남을 운명으로 바꾸면서 자기를 정신적으로 완성하는 힘을 기울일 수 있다.

어머니도 아니고 누이도 아닌
처음엔 어여쁜 꽃이었다가

어느새 앙칼진 가시만 남아
내 편인 듯 아닌 듯
종잡을 수 없지만
가슴을 파고드는 여자

새로운 연애는 꿈도 못 꾸지만
더러 길가 피어난 꽃들에게 눈길만 줘도
닦달하는 무서운 여자

부스스하게 깨어나는 모습에 고개 돌리게 해도
다시 생각해보면 나를 가장 아껴주고,
잠든 모습 가만히 보면 애틋해 보여
괜스레 눈물짓게 하는 여자

긴 시간을 함께하며
수많은 날을 기꺼이 잇게 해준 여자에게
슬그머니 팔베개를 내민다

그러고 보니 나에게 거짓말과 침묵을
가장 많이 가르쳐준 여자

—「아내」 전문

　시인에게는 고향, 부모, 가족, 언어처럼 태생적으로 자
신의 울타리였으면서 또한 보호막이었던 세계가 있다.
거기에는 아무래도 "어머니도 아니고 누이도 아닌/ 처음

엔 어여쁜 꽃이었다가/ 어느새 앙칼진 가시만 남아/ 내 편인 듯 아닌 듯/ 종잡을 수 없지만/ 가슴을 파고드는 여자"기 있었던 것 같지는 않다. 그러나 이제 두 개의 이름이 새로운 본향本鄕이 되어 오래 입속에 머문다. 그 이름은 '시와 아내'라 불린다.

만약 그때 알았더라면

지은이_ 권영우
펴낸이_ 조현석
펴낸곳_ 북인
디자인_ 푸른영토

1판 1쇄_ 2024년 12월 15일
출판등록번호_ 313 - 2004 - 000111
주소_ 121 - 842 서울 마포구 서교동 460 - 34, 501호
전화_ 02 - 323 - 7767
팩스_ 02 - 323 - 7845

ISBN 979-11-6512-104-4   03810
ⓒ권영우, 2024